AF456545

18 Fevrier 1907

marqué PN

VENTE
Du Lundi 18 Février 1907
HOTEL DROUOT, SALLE N° 6
à deux heures

OBJETS DE VITRINE

ET

D'AMEUBLEMENT

SIÈGES EN ANCIENNE TAPISSERIE

TAPISSERIES

COMMISSAIRE-PRISEUR
Me PAUL CHEVALLIER

EXPERTS
MM. MANNHEIM

CATALOGUE

DES

OBJETS DE VITRINE

ET D'AMEUBLEMENT

BOITES ET MONTRES DU XVIIIE SIÈCLE

ET AUTRES

Provenant de la Collection de M. F...

PORCELAINES — MINIATURES

PENDULES ET BRONZES

SIÈGES EN ANCIENNE TAPISSERIE

TAPISSERIES

Appartenant à divers

ET DONT LA VENTE AURA LIEU A PARIS

HOTEL DROUOT, SALLE N° 6

Le Lundi 18 Février 1907

A DEUX HEURES

COMMISSAIRE-PRISEUR

Me PAUL CHEVALLIER

10, rue Grange-Batelière

EXPERTS

MM. MANNHEIM

7, rue Saint-Georges

EXPOSITION PUBLIQUE

LE DIMANCHE 17 FÉVRIER 1907, de 1 h. 1/2 à 5 h. 1/2

CONDITIONS DE LA VENTE

Elle sera faite au comptant.

Les adjudicataires payeront *dix pour cent* en sus des enchères.

Paris. — Imprimerie de l'Art, Ch. Berger et Cie, 41, rue de la Victoire.

DÉSIGNATION

Collection de M. F...

OBJETS VARIÉS

1 — Théière, huit tasses et huit présentoirs en argent. Travail japonais.

2 — Bouteille en métal, dit bidri. Travail indien.

3 — Figurine en ivoire sculpté : Enfant nu endormi : coiffure, ceinture et sandales en or émaillé.

4 — Cuiller en jaspe vert, monture d'argent doré. Ancien travail hollandais.

5 — Couteau et fourchette, à manches d'argent gravé, décor de scènes familiales avec inscriptions. Travail hollandais, XVIIe siècle.

6 — Couteau et fourchette, à manches d'argent gravé, figures allégoriques et inscriptions. Travail hollandais, XVIIe siècle.

7 — Couteau à manche d'or, décor de sujets de chasse, réservés sur fond émaillé gros bleu. Travail hollandais, XVIIe siècle.

8 — Couteau et fourchette variés, à manches d'argent gravé, figures et inscriptions. Travail hollandais, XVIIe siècle.

MONTRES

9 — Montre, de forme carrée, boitier d'or ajouré, à rinceaux fleuris. Lunette en argent, enrichie de roses. Cadran émaillé. Mouvement signé : *Meybom, à Paris, St-Germain*. XVIIe siècle.

10 — Montre en or émaillé, présentant un buste de personnage sur fond chargé de fleurs. Mouvement signé : *Pierre Duhamel*. XVIIe siècle.

11 — Montre à double boitier, avec châtelaine; la montre signée : *Stroud, London*, est en or ajouré et gravé. La châtelaine et le boitier en or gravé et partiellement émaillé sont ornés d'animaux, de monuments en ruines et de fleurs. Epoque Louis XV.

12 — Montre à double boitier en or ajouré; le boitier extérieur composé d'une plaque de jaspe vert-sanguin dans une monture en or ajouré est enrichi de pierreries, simulant des fleurs ou des animaux. Epoque Louis XV.

13 — Montre à répétition en or de couleur ciselé à fleurs. Sur la cuvette, médaillon ovale peint sur émail, à sujet familial, encadré de jargons. Mouvement de *Romilly, à Paris*. Fin de l'époque Louis XV.

14 — Montre à répétition en or émaillé bleu, enrichie de jargons; bordure à fleurettes émaillées sur fond d'or. Epoque Louis XVI.

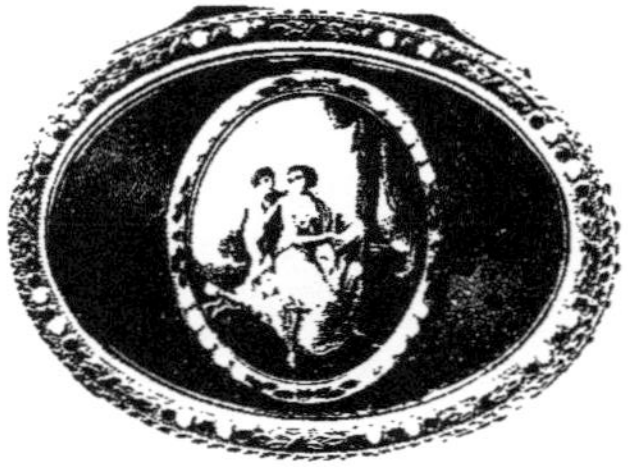

36

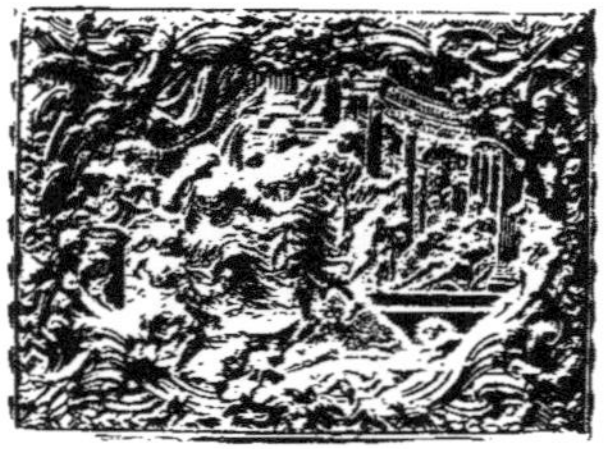

32

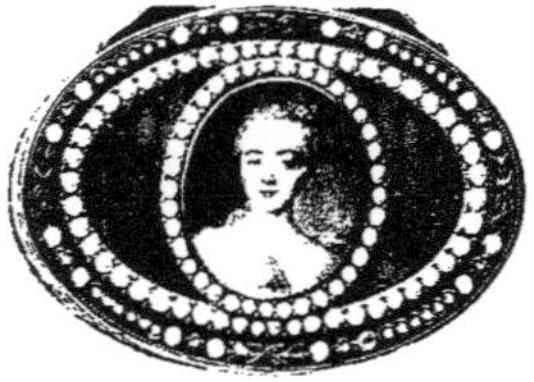

35

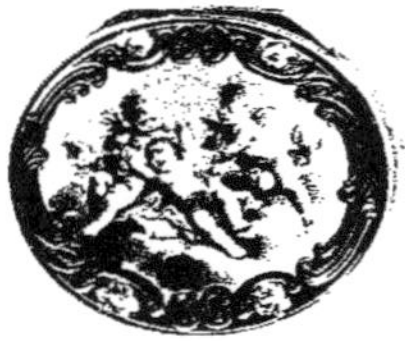

34

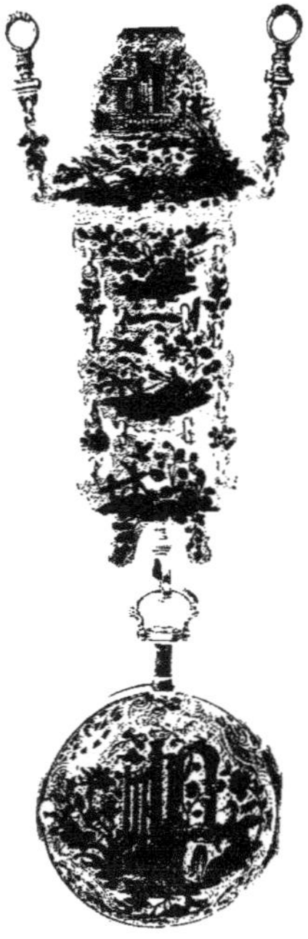

11

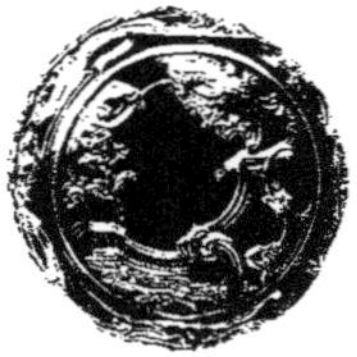

33

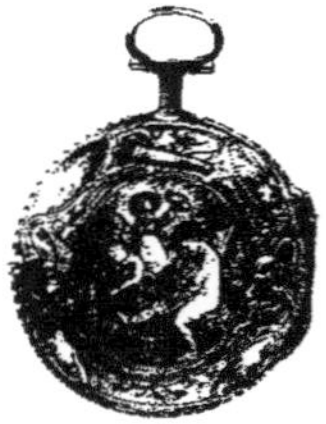

15

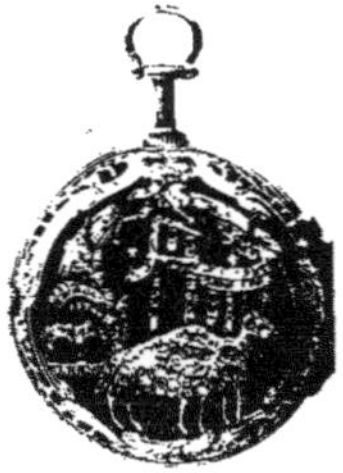

12

Phototypie Berthaud, Paris

15 — Montre en or de couleur partiellement émaillé, médaillons, à sujets d'amours en grisaille sur fond rose. Mouvement signé : *Baillon, à Paris*. Epoque Louis XVI.

16 — Montre forme vase composée de cabochons d'agate herborisée, montés or. Mouvement signé : *Tibery, London*. Fin du XVIIIe siècle.

17 — Montre en or émaillé, présentant sur la cuvette un sujet allégorique. Mouvement signé : *Matthey et Compagnie*. Fin du XVIIIe siècle.

18 — Montre ovale en or émaillé, enrichie d'émeraudes. Cadran en chiffres turcs.

OBJETS DE VITRINE

19 — Boite émaillée sur cuivre, à réserves de paysages, sur fond bleu à rinceaux d'or. Monture en cuivre doré.

20 — Boite oblongue en or gravé, avec rinceaux émaillés bleu.

21 — Epingle de cravate, ornée d'une tête de singe en labrador ; vêtements en or émaillé.

22 — Bague en or, décorée d'un oiseau dont le corps est formé d'une agate cabochon. XVIIIe siècle.

23 — Bague en or, portant une inscription. Travail hollandais du XVIIe siècle.

255 24 — Bague en or ajouré, à inscription, enrichie de deux petites perles. Travail hollandais, XVIIe siècle.

550 25 — Médaillon ovale en or émaillé, à monogramme et rinceaux en blanc et noir sur fond bleu, avec incrustations de roses sur le couvercle. XVIIe siècle.

1.200 26 — Tabatière à deux tabacs en écaille blonde posée or, à imbrications et motifs irréguliers. Epoque Régence.

1.000 27 — Boite ovale, décorée au vernis, sur toutes les faces, de sujets galants et attributs de l'Amour. Elle est galonnée d'or gravé et présente dans un double fond du couvercle une miniature : Femme nue étendue, du XVIIIe siècle.

720 28 — Drageoir en agate taillée à cuvette : monture à charnière en or : bec enrichi de pierreries. Epoque Louis XV.

800 29 — Drageoir en agate taillée à cuvette : sur le couvercle une fontaine et des coquilles sculptées en léger relief. Monture à charnière en or. Epoque Louis XV.

1.800 30 — Boite, composée de panneaux de fer ciselé et partiellement doré, à sujets de chasse et rocailles. Monture en or gravé. Epoque Louis XV.

1.000 31 — Boite en forme de coquillage à deux compartiments, en caillou d'Égypte. Monture à charnière en or ciselé, à coquillages. Milieu du XVIIIe siècle.

32 — Boite rectangulaire en or ciselé sur toutes les faces; sur le couvercle, scène allégorique, encadrée de rocailles; sur le pourtour et le dessous, trophées d'armes. Époque Louis XV.

33 — Drageoir rond en jaspe vert sanguin; monture en or ciselé, à fleurs et rocailles. Époque Louis XV.

34 — Petite boite ovale en or gravé et réémaillé (?) présentant sur toutes les faces des jeux d'amours en grisaille, sur fond jaune. Poinçons de Brichard, sous-fermier des droits de marque. Année 1762-63.

35 — Boite ovale en or émaillé bleu, à semis d'étoiles réservées en or; montants et bordures à motifs émaillés sur fond d'or amati. Le couvercle enrichi d'une miniature, portrait de femme en buste, présente deux encadrements de demi-perles. Poinçons de Clavel, régisseur des droits de marque. Époque Louis XVI.

36 — Tabatière à deux tabacs en agate, avec incrustations d'or, à décor de fleurs et guirlandes; monture à charnière en cuivre. Époque Louis XVI.

37 — Boite ovale en or de couleur, partiellement émaillé bleu; montants et bordures à guirlandes de laurier réservés sur fond amati. Sur le couvercle, médaillon ovale à paysages, encadré de demi-perles simulées en émail. Deuxième moitié du XVIIIe siècle.

38 — Boite ovale en or, gravé et partiellement émaillé vert; bordures et montants à petites feuilles et pierreries, simulées en émail sur fond d'or amati. Pourtour à entrelacs gravés. Le couvercle est enrichi d'un médaillon peint sur émail à sujet allégorique à l'amour. Deuxième moitié du XVIIIe siècle.

39 — Etui-souvenir, décoré de peintures sous verre à guirlandes de fleurs et sujets de jeux d'enfants. Monture en or. Époque Louis XVI.

40 — Couteau pliant, monté or, décoré de plaques émaillées sur cuivre, à compartiments et médaillons. Époque Louis XVI.

41 — Cachet en sardonyx, formé de trois têtes. Monture en or de couleur. Époque Louis XVI.

42 — Tabatière ovale, formée de disques d'agate herborisée, compris dans une monture en or de couleur ciselé à fleurs. Fin du XVIIIe siècle.

43 — Boite ronde en or émaillé bleu à filets blancs; bordures de cordons de demi-perles simulées. Sur le couvercle, dessin rehaussé de couleurs : jeux d'enfants. Fin du XVIIIe siecle.

44 — Petit coffret rectangulaire, d'ancien travail anglais (?), formé de plaques de jaspe; monture en or, présentant sur le couvercle une scène galante et, sur le pourtour, les allégories des saisons.

45 — Boite ovale, d'ancien travail anglais (?), de forme surbaissée, en agate; monture en or ajouré et ciselé à décor d'attributs et entrelacs.

46 — Boite plate de la fin du XVIIIe siècle, en or, réémaillée rouge. Sur le couvercle, médaillon réservé en or ciselé à paysages. Bordure de petites feuilles.

Objets appartenant à divers

PORCELAINES ET FAIENCES

47 — Deux petites mules en porcelaine.

48 — Petite mule, décor bleu. Ancienne faïence de Delft.

49 — Flacon à thé : paysages en camaïeu rose. Ancienne porcelaine d'Oude-Loosdrecht.

50 — Pot à sorbet en ancienne porcelaine tendre de Sèvres, réserve contenant un bouquet de fleurs ; fond bleu.

51 — Boite ronde en porcelaine d'Allemagne, décorée de paysages animés sur toutes les faces ; monture en cuivre.

52 — Théière et sucrier avec couvercles, pot à lait, quatre tasses et leurs soucoupes, en ancienne porcelaine tendre de Sèvres, décor de branchages ondulés semés de fleurs sur fond à œils de perdrix.

53 — Écuelle à deux anses avec couvercle et présentoir, à décor de médaillons contenant des oiseaux sur fond vert à œils de perdrix. Porcelaine tendre de Sèvres. Époque Révolutionnaire.

MINIATURES

54 — Miniature ovale : portrait de femme à mi-corps, assise, vêtue de bleu. Époque Louis XV. Cadre en argent doré.

55 — Deux miniatures : portraits de femme et d'homme en buste, de la fin du XVIIIe siècle. Signées : *Fache, 1791*.

56 — Miniature ronde : portrait de Louis XVI, en buste. Époque Louis XVI.

57 — Miniature : portrait de femme vêtue de blanc avec ruban bleu. Époque Louis XVI.

58 — Miniature ovale, Louis XVI : jeune femme assise, à mi-corps, jouant avec un chien.

59 — Miniature ovale : portrait de femme en buste, corsage blanc avec ceinture. Époque Empire.

60 — Miniature ronde : portrait présumé de la Duchesse d'Angoulême, en buste, une écharpe jaune sur les épaules et portant l'ordre du Saint-Esprit. Commencement du XIXe siècle.

61 — Miniature ronde : buste de femme, les yeux levés. Cadre en bronze.

OBJETS DIVERS

62 — Deux médaillons ovales, émail sur or : Femmes portant des gerbes de fleurs. Epoque Louis XIV.

63 — Médaillon ovale peint sur émail, buste d'homme portant la perruque, avec draperie bleue sur l'épaule. Monture en or. Au revers, sujet allégorique avec devise : « Joindre ou mourir ». Epoque Louis XIV.

64 — Boite ronde en écaille brune : sur le couvercle, miniature ovale : portrait de femme en buste. Signée : *Roy. 1779.* Epoque Louis XVI.

65 — Boite ronde décorée au vernis en bleu ; sur le couvercle, miniature : portraits de trois jeunes filles, de la fin du XVIIIe siècle. Signée : *Nepveu.*

66 — Etui cylindrique en écaille, incrustée de lamelles d'or. Il est galonné d'or également. Epoque Louis XVI.

67 — Peinture ovale sur cuivre : portrait d'homme en buste du milieu du XVIe siècle. Cadre en bronze doré du XVIIe siècle, orné d'une couronne ducale et des colliers des ordres du Saint-Esprit et de Saint-Michel.

68 — Plaquette en bronze patiné : le Char de l'abondance. Italie, XVIe siècle.

69 — Figurine en bronze patiné : Enfant nu assis. Italie, commencement du XVIe siècle.

70 — Petit buste d'homme en bronze patiné. Italie, commencement du XVIe siècle.

71 — Deux figurines d'angelots tenant les instruments de la Passion. Bronze doré. Italie, XVIe siècle.

72 — Neuf pièces de monnaies antiques en argent, et camée agate : Tête de femme.

73 — Reliquaire en forme de clocheton, en cuivre gravé et doré. Commencement du XVIe siècle.

74 — Clé, tête à volutes et oiseaux. XVIe siècle.

75 — Etui à couvert en cuir noir gaufré avec armoirie. Italie XVIe siècle.

76 — Tabatière, forme botte ; casse-noisette du XVIIe siècle, en bois sculpté : personnage de la comédie italienne.

77 — Casse-noisette, tête de satyre en bois sculpté. XVIIe siècle.

78 — Custode en forme de maison en cuivre. XVIe siècle.

79 — Médaillon en argent niellé ; à l'intérieur, bas-relief à sujets saints en bois sculpté. Travail du Liban.

80 — Seringue d'apothicaire en argent, partiellement doré, d'ancien travail allemand.

81 — Médaillon rond en argent repoussé : Bacchanale.

82 — Petite plaque en émail peint de Limoges. Fin du XVIe siècle : Saint Jérôme.

83 — Jeu en marqueterie de bois de couleur : damier et marelle ; avec écusson. XVIIIe siècle.

84 — Petit bas-relief en ivoire : Saint Jérôme. Cadre en bois orné de peintures. Ancien travail espagnol.

85 — Coupe sur piédouche en argent repoussé et gravé, décorée de personnages, d'une inscription hollandaise et de rinceaux ; pied-balustre. Travail hollandais.

PENDULES ET BRONZES

86 — Pendule plaquée d'écaille et garnie de bronzes dorés : chutes ornées de bustes, vases de flammes, cadran, bas-relief à figures mythologiques avec signature : *Pierre Margotin, à Paris*. Époque Louis XIV.

87 — Pendule du temps de Louis XVI, en bronze ciselé et doré, présentant une scène du Déserteur de Monsigny et Sedaine, composition de plusieurs personnages groupés devant un édifice à deux arcades, représentant la prison, qui

supporte le mouvement. Celui-ci est encadré de strass montés argent et est entouré de trophées d'armes. Base en marbre blanc.

88 — Pendule en bronze doré, surmontée d'un vase et décorée de guirlandes de laurier : base en marbre blanc, ornée de petits balustres. Cadran signé : *Montjoye, à Paris*. Époque Louis XVI.

89 — Deux candélabres à trois lumières, formés chacun d'un vase en marbre blanc, avec bouquet de lumières en bronze doré d'époque Louis XVI.

SIÈGES EN TAPISSERIE

TAPISSERIES

90 — Canapé en bois sculpté et doré à nœud de rubans, couvert en tapisserie de la fin du XVIIIe siècle, à bouquets de fleurs sur fond jaune avec encadrements de fleurs et feuilles.

Larg., 1 m. 50 cent.

91 — Meuble de salon, composé d'un canapé, sept fauteuils et deux chaises en bois doré, couvert de tapisserie d'Aubusson de la fin de l'époque Louis XV, à personnages : bergers, musiciens, sujets galants sur les dossiers, animaux, scènes tirées des fables de Lafontaine, sur les sièges, avec encadrements de fleurs et de rubans ; les dossiers des chaises, en tapisserie

d'Aubusson, du temps de Louis XVI, présentent également chacun un personnage, mais avec bordure simulant un cadre, et les sièges, des animaux aussi, mais entourés de fleurs et de draperies rouges.

92 — Deux tapisseries du XVIIIe siècle, présentant chacune un personnage oriental dans un paysage; bordures simulant un cadre.

Haut., 3 m. 60 cent.; larg., 0 m. 95 cent.

Objets de vitrine et d'ameublement

Vente faite à l'hôtel Drouot, salle 6, le 18 février, par Me CHEVALLIER et M. MANNHEIM.

Collection de M. F...

3. Figurine en ivoire sculpté : Enfant endormi : 300. — 4. Cuiller en jaspe vert, monture d'argent doré. Ancien travail hollandais : 450. — 5. Couteau et fourchette, à manches d'argent gravé. Travail hollandais, XVIIe siècle : 370. — 7. Couteau à manche d'or, sujets de chasse, fond émaillé gros bleu. Travail hollandais, XVIIe siècle : 550.

Montres. — 9. Montre carrée, boîtier d'or ajouré, à rinceaux fleuris. Lunette en argent, enrichie de roses. Cadran émaillé. Mouvement signé : Meybom, à Paris, Saint-Germain. XVIIe siècle : 2.600. — 10. Montre en or émaillé, buste de personnage. Mouvement signé : Pierre Duhamel. XVIIe siècle : 2.180. — 11. Montre à double boîtier, avec châtelaine : montre signée : Stroud, London, en or ajouré et gravé. Ep. L. XV : 2,600. — 12. Montre à double boîtier en or ajouré, enrichi de pierreries, simulant des fleurs ou des animaux. Ep. L. XV : 1.500. — 13. Montre à répétition en or de couleur ciselé à fleurs. Médaillon ovale peint sur émail, à sujet familial. Mouvement de Romilly, à Paris : 730. — 14. Montre à répétition en or émaillé bleu, enrichie de jargons : fleurettes émaillées sur fond d'or. Ep. L. XVI : 400. — 15. Montre en or de couleur émaillé, médaillons, à sujets d'amours en grisaille sur fond rose. Mouvement signé : Baillon, à Paris. Ep. L. XVI : 1,325. — 16. Montre forme vase à cabochons d'agate herborisée, montés or. Mouvement signé : Tibery, London. XVIIIe siècle : 1.550. — 17. Montre en or émaillé, sujet allégorique. Mouvement signé : Matthey et Compagnie. XVIIIe siècle : 615. — 18. Montre ovale en or émaillé, enrichie d'émeraudes. Cadran en chiffres turcs : 1.350.

Objets de vitrine. — 19. Boîte émaillée sur cuivre, à paysages, fond bleu à rinceaux d'or. Monture en cuivre doré : 250. — 20. Boîte oblongue en or gravé, rinceaux émaillés bleu : 280. — 22. Bague or, corps en agate cabochon. XVIIIe siècle : 500. — 24. Bague or ajouré, à inscription et deux petites perles. Travail hollandais XVIIe siècle : 255. — 25. Médaillon ovale en or émaillé, à monogramme et rinceaux sur fond bleu, incrustations de roses. XVIIe siècle : 550. — 26. Tabatière en écaille blonde posée or, à imbrications et motifs irréguliers. Ep. Régence : 1.200. — 27. Boîte ovale, décorée au vernis, de sujets galants et attributs de l'Amour et femme nue étendue. XVIIIe siècle : 1.080. — 28. Drageoir en agate taillée à cuvette : monture en or et pierreries. Ep. L. XV : 720. — 29. Drageoir en agate taillée à cuvette : fontaine et coquilles sculptées. Monture en or. Ep. L. XV : 800.

30. Boîte, à panneaux de fer ciselé et doré, à sujets de chasse et rocailles. Monture or gravé. Ep. L. XV : 1.800. — 31. Boîte en forme de coquillage à deux compartiments, en caillou d'Egypte. Monture en or ciselé. XVIIIe siècle : 1.000. — 32. Boîte en or ciselé, scène allégorique, encadrée de rocailles : sur le pourtour et le dessous, trophées d'armes. Ep. L. XV : 2,250. — 33. Drageoir rond en jaspe vert sanguin : monture or ciselé. Ep. L. XV : 620. — 34. Petite boîte ovale en or gravé et réémaillé (?) : jeux d'amours en grisaille, sur fond jaune. Poinçons de Brichard : 1,100. — 35. Boîte ovale en or émaillé bleu, à semis d'étoiles réservées en or : montants et bordures à motifs sur fond d'or amati. Miniature, portrait de femme en buste. Ep. L. XVI : 3,200. — 36. Tabatière en agate, avec incrustations d'or, à fleurs et guirlandes ; monture en cuivre. Ep. L. XVI : 140. — 37. Boîte ovale en or de couleur, émaillé bleu : montants et bordures à guirlandes de laurier sur fond amati. Médaillon ovale à paysages. XVIIIe siècle : 1.490. — 38. Boîte ovale en or, gravé et émaillé vert ; bordures et montants à petites feuilles et pierreries, simulées en émail sur fond d'or amati. Médaillon peint sur émail à sujet allégorique à l'amour. XVIIIe siècle : 2,100. — 39. Etui-souvenir, à peintures à guirlandes de fleurs et jeux d'enfants. Monture or. Ep. L. XVI : 750.

40. Couteau pliant, monté or, plaques. Ep. L. XVI : 325. — 41. Cachet en sardonyx. Monture or de couleur. Ep. L. XVI : 220. — 42 Tabatière ovale, disques d'agate herborisée, monture or. XVIIIe siècle : 850. — 43. Boîte ronde en or émaillé bleu à filets blancs : bordures de cordons de demi-perles simulées et jeux d'enfants. XVIIIe siècle : 2,805. — 44. Petit coffret rectangulaire, d'ancien travail anglais (?), formé de plaques de jaspe : monture or, à scène galante et allégories des saisons : 1.800. — 45. Boîte ovale, d'ancien travail anglais (?), surbaissée, en agate : monture or ajouré et ciselé à attributs et entrelacs : 900. — 46. Boîte plate. XVIIe siècle, en or, réémaillée rouge. Sur le couvercle, médaillon réservé en or ciselé à paysages. Bordure de feuilles : 560.

Objets appartenant à divers.

51. Boîte ronde en porcelaine d'Allemagne, à paysages, monture cuivre : 415. — 52. Théière et sucrier, pot à lait, quatre tasses et soucoupes, en ancienne porcelaine tendre de Sèvres, à branchages : 5.130. — 53. Ecuelle et présentoir, à médaillons, oiseaux sur fond vert à œils de perdrix. Sèvres. Ep. Révolutionnaire : 1,030.

54. Miniature ovale : portrait de femme. Ep. L. XV. Cadre argent doré : 500. — 55. Deux miniatures : portraits de femme et d'homme en buste, XVIIIe siècle. Signées : Fuchs, 1794 : 370. — 58. Miniature ovale, L. XVI : jeune femme, à mi-corps, jouant avec un chien : 305.

62. Deux médaillons ovales, émail sur or : Femmes portant des gerbes de fleurs : 550. — 63. Médaillon ovale peint sur émail, buste d'homme. Monture or. Au revers, sujet allégorique avec devise : « Joindre ou mourir ». Ep. L. XIV : 310. — 65. Boîte ronde décorée au vernis en bleu : miniature portraits de trois jeunes filles. XVIIIe siècle. Signée : Nepveu : 460.

86. Pendule plaquée d'écaille et garnie de bronzes dorés : Pierre Margotin, à Paris. Ep. L. XIV : 1.100. — 87. Pendule du temps de L. XVI, en bronze ciselé et doré, scène du Déserteur de Monsigny et Sedaine. Mouvement encadré de strass montés argent et trophées d'armes. Base marbre blanc : 1,910. — 88. Pendule bronze doré, vase et guirlandes de laurier : base marbre blanc. Cadran signé : Montjoye, à Paris. Ep. L. XVI, et 89. Deux candélabres, vase marbre blanc, bouquet en bronze doré. Ep. L. XVI : 2,250.

Sièges en tapisserie, Tapisseries. — 90. Canapé en bois sculpté et doré à nœud de rubans, couvert en tapisserie, XVIIIe siècle, à bouquets de fleurs sur fond jaune, encadrements de fleurs et feuilles : 6.000. — 91. Meuble de salon, canapé, sept fauteuils et deux chaises en bois doré, couvert de tapisserie d'Aubusson, ép. L. XV, à personnages : sujets galants sur les dossiers, animaux, scènes tirées des fables de La Fontaine, sur les sièges, encadrements de fleurs et de rubans : les dossiers des chaises, en tapisserie d'Aubusson, du temps de L. XVI, personnage, bordure simulant un cadre, et animaux entourés de fleurs et de draperies rouges : 15.050. — 92. Deux tapisseries du XVIIIe siècle, personnage oriental dans un paysage : bordures simulant un cadre (300-950) : 4.405.

Produit : 87.497 francs.

ABRAHAM HAMBURGER

20, rue des Pyramides

OBJETS D'ART ANCIENS

Porcelaines de Chine, Saxe, Sèvres

Bronzes, Meubles, Objets de Vitrine, Tableaux Tapisseries, etc.

Collection de M

TABLEAUX

PASTELS ET

ŒUVRE

BOUDIN, CALS, CARRIÈRE, MARY CASSATT, CÉ

DELACROIX, GAUGUIN, GUIL

LÉPINE, MANET, MONET, BERTHE M

VENTE à Paris, Galeries DURAND-RUEL,

Le Lundi 4 Mars 19

COMMISSAIRE-PRISEUR : Me **Paul CHEV**

EXPE

MM. DURAND-RUEL et FILS

16, rue Laffitte, 11, rue Le Peletier, Paris et 5, West, 36th Street, New-York

EXPOSITIONS { *PARTICULIÈRE*, le sam *PUBLIQUE*, le dimanche

VENTE A VIE

COLLECTION de feu M. S. B. GO

TABLEAUX

Œuvres importantes de : Brueghel et van Balen Goyen, Aart van der Neer, Quellinus, Jaques et Salo et Willem van de Velde, Pierre et Philips Wouwerm

Exposition P

Les Vendredi 8 et Samedi 9 Ma

Exposition

Le Dimanche 10 Mars 1907

Dans la GALERIE FRIE

I. Nibelung

La Vente aura lieu le Lund

DANS LA SALLE G. PISKO, SCHWAR

SOUS LA DI

FRIEDRICH SCHWARZ, Expert.

I. Nibelungengasse, I.

Atelier de Magdeleine POPELIN

5, RUE MESLAY (place de la République)

COURS POUR DAMES, PAYSAGE ET FLEURS

Peinture à l'huile, Aquarelle, Pastel et Fusain

Les Lundis et Vendredis, de 1 h. à 4 h.

Cours d'après nature, du 15 avril à la fin juin

Pour les renseignements, le mardi après midi

TABLEAUX MODERNES

E. LE ROY et Cie

9, rue Scribe (Opéra), Paris

ŒUVRES IMPORTANTES DE L'ÉCOLE FRANÇAISE DE 1830

Ancienne Maison GOUPIL et Cie

BOUSSOD, VALADON & CIE

24, Boulevard des Capucines

TABLEAUX ANCIENS & MODERNES

Galerie à la Haye

20, PLAATS

G. SORTAIS

PEINTRE-EXPERT PRÈS LE TRIBUNAL CIVIL

11, rue Scribe, 11

HAMBURGER Frères

362, rue Saint-Honoré (1er Etage)

(PLACE VENDÔME)

OBJETS D'ART ET D'AMEUBLEMENT ANCIENS

TAPISSERIES

Porcelaines de Sèvres et de Saxe

TABATIÈRES — ÉVENTAILS

LAURENT HÉLIOT

Porcelaines d'Art et d'Antiquités

JADES, SOIERIES, ÉMAUX CLOISONNÉS DE LA CHINE

Importation directe

PARIS — 62, Rue de Clichy, 62 — PARIS

Maison fondée en 1835

JULES DENNERY

SUCCESSEUR DE SON PÈRE

Spécialité de Porcelaines anciennes

49, RUE LAFFITTE, PARIS

E.-M. HODGKINS

158 a, NEW BOND STREET

LONDRES (W)

PORCELAINES de SÈVRES, etc.

MEUBLES ANCIENS

RESTAURATION DE TABLEAUX

En tous genres

René ÉTIENNE, artiste-peintre

PARIS, 176, Rue Legendre, XVIIe

Henri LEMAN

ANTIQUITÉS

Égyptiennes, Grecques et Romaines

Objets d'art (Moyen-Age et Renaissance)

MAISON FONDÉE EN 1850, 12, rue de Seine

Actuellement : 37, rue Laffitte.

Ph. FRENKEL et Fils

ANTIQUAIRES

34 et 36, Choorstraat, 34 et 36

UTRECHT (Hollande)

Fournisseurs de la Cour des Pays-Bas.

TAPISSERIES ANCIENNES

Des XVIIe et XVIIIe Siècles

OBJETS D'ART ET D'AMEUBLEMENT

Porcelaines de Chine, du Japon, de l'Inde et Européennes. — Faïences Italiennes, Françaises et Hollandaises. — Bronzes, Fers, Emaux cloisonnés. — Sculptures. — Ivoires. — Orfèvrerie. — Verrerie. — Harpe. — Mandoline.

Tableaux et Aquarelles Modernes

Œuvres de : Paul Baudry, Charles Jacque, Gustave Moreau, Raffaëlli et Moreau de Tours, etc.

DESSINS — GRAVURES

MEUBLES

Époques et Styles Renaissance et XVIIIe siècle

Sièges couverts en Tapisserie — Tapis d'Orient — Etoffes

Provenant de la COLLECTION

www.ingramcontent.com/pod-product-compliance
Ingram Content Group UK Ltd.
Pitfield, Milton Keynes, MK11 3LW, UK
UKHW022150260726
13993UKWH00005B/2269

9 782329 443591